Ich schenk dir die Farben des Windes

Christine Knödler

Ich schenk dir die Farben des Windes

Kunst, Gedichte und Geschichten
für Kinder und Erwachsene

Prestel
München · London · New York

INHALT

»RUBINROT GLÄNZT DER HIMMEL AM MORGEN«

»IST AUCH DAS GELB SICH SELBST AM LIEBSTEN LIEBER«

»SIE FREU'N SICH, WENN ALLES SCHÖN GRÜNET UND BLÜHT«

»ICH HABE MEINE STERNE AUS DEM BLAU DES FENSTERS GENOMMEN«

»O DASS ES FARBEN GIBT: BLAU, GELB, WEISS, ROT UND GRÜN!«

Vorwort

Manche Ideen nehmen lange Anlauf, auch bei diesem Buch war das so. Sein Anfang liegt in meiner Kindheit: »Herr Hase und das schöne Geschenk« von Charlotte Zolotow, illustriert von Maurice Sendak, war eines meiner Lieblingsbücher. Der Inhalt ist rasch erzählt: Die Mutter hat Geburtstag, doch das kleine Mädchen hat kein Geschenk, darum braucht es Hilfe von seinem Freund Herrn Hase. »Ich möchte ihr etwas geben, das sie gern hat«, sagt das Mädchen und weiß: »Sie hat gerne Rot.« Da man jedoch, wie Herr Hase befürchtet, Rot nicht schenken kann, machen sich die beiden auf die Suche nach etwas Rotem. Was aber gibt es Rotes? Rote Strümpfe, Rotkehlchen, Feuerwehrautos – und Äpfel. Ähnlich verhält es sich beim Gelb: Die Sonne ist gelb, Kanarienvögel – und Bananen. Beim Grün verlocken grüne Smaragde (zu teuer!), Papageien, Raupen – und Birnen. Blau ist der See, blau der Himmel, Saphire sind zwar ebenfalls unerschwinglich – aber blaue Trauben kann das Mädchen mit den Äpfeln, Birnen und Bananen in einen Korb packen. Was für ein schönes Geschenk!

Etwas Rotes, Gelbes, Grünes, Blaues lässt sich also trefflich verschenken – zu Bildern gehören die Farben wie Worte zu Gedichten und Geschichten. Eine Welt ohne Farben ist schwer vorstellbar, eine Kunst auch. Farben zeichnen Mensch, Tier, Dinge, Orte aus. Sie untermalen Erfahrungen und Gefühle. Rot ist die Farbe der Liebe, Leidenschaft, Tatkraft und des Zorns – rot sind Feuer, Apfelbäckchen, der Himmel am Morgen. Beim Gelb denken viele an Sonne, Licht, Lebensfreude, Energie, Wärme, auch Zitronen – mit Neid und Eifersucht wird diese Farbe verbunden. So wie Grün für Hoffnung und Lebendigkeit steht. Das junge Grün im Frühling zeigt, dass etwas Neues beginnt, grün sind Wälder und Wiesen. Blau sind Wasser, Himmel, Nacht – und vielleicht ist Blau gerade deswegen die Farbe des (Un-)Heimlichen, der Träume, Sehnsucht, Erinnerung und der Unendlichkeit. Bunt, schließlich, bringt die ganze Farbpalette ins Spiel, um Emotionen, Ereignissen, Gerüchen, Gegenständen, Klängen, Ausdruck zu verleihen.

Doch Kunst – die der Bilder genauso wie die der Worte – wäre nicht Kunst, wenn sie lediglich das Sichtbare, das Offenkundige zeigte, wenn ihr bei Farben nicht noch ganz anderes in den Sinn käme. Das Unerwartete nämlich, das Unverhoffte, das, was uns staunen lässt und so erst zum Erhofften werden kann. Wie beim kleinen Mädchen, das gefunden, was es nicht gesucht hat.

Und so taucht tatsächlich ein roter Strumpf in diesem Buch auf, ein Rotkehlchen flattert herbei – aber genauso überrascht ein plötzlicher roter Fleck auf einem Sommerarm. Gelb sind Sonne, Licht, Mimosen – aber auch ein Hund und eine Kuh, und wer hätte das gedacht? Grün sind Blätter, Frösche, Krokodil – aber auch die Kindheit. Bis die Augen – blau – übergehen angesichts des Meers, der blauen Blume, der Nächte, die voll Sterne hingen, und das Bunt neue Farben freisetzt: kirschblütenweiß oder die Liebe in Grün.

»O dass es Farben gibt: Blau, Gelb, Weiß, Rot und Grün«, schreibt Hermann Hesse und macht die Tür zur Welt der Farben und zur Farbe in der Welt weit auf.
Und womöglich täuscht sich dann Herr Hase ja doch und man kann Rot, Gelb, Grün, Blau, Bunt schenken.
Einen Versuch ist es wert: »Ich schenk dir die Farben des Windes«, damit du weiter lesen, leben, schauen, denken, fühlen kannst – und fliegen. Höher, tiefer, gegen und mit dem Wind.

Christine Knödler

»Rubinrot
glänzt
der Himmel
am Morgen«

Der Zirkus

Der Zirkus kam heut morgen an
Im rotgestreiften Wagen.
Am Fußballplatz, gleich nebenan,
Sind Zelte aufgeschlagen.
Horch, auf der Straße hörst du's schon!
Da kommt die bunte Prozession,
Mit Pauken und Trompeten
Und Tamburin und Flöten.

Als erster Tschang, der Akrobat,
Mit seinem riesigen Plakat.
Danach die Musikanten
Und sieben Elefanten!
Es folgt das wilde Pußta-Pferd,
Der zahme Bär, der Dreirad fährt,
Im Kopfschmuck ein Indianer
Und zehn Liliputaner.

Nun kommt ein Seehund, der jongliert,
Ein Äffchen, das sich selbst rasiert –
Da jubeln die Passanten!
Und wieder Elefanten.
Ein Feuerschlucker! Der hat Mut.
Sein Leibgericht ist Kohlenglut.
Was guckt er nur so schüchtern?
Der ist gewiss noch nüchtern.

Ein Türke schwenkt 'nen roten Fez,
Ein Fräulein schwebt an dem Trapez.
Es glitzert von Brillanten!
Und wieder Elefanten.
Nun kommt, recht drollig anzuschaun,
Mit einem Purzelbaum – der Clown
Und ein Fakir, sooo mager,
Auf seinem Hungerlager.

Der Zirkus kam heut morgen an,
Das wissen alle Kinder.
Sie drängeln sich schon um den Mann
Im goldenen Zylinder.
Sein Arm ist hellblau tätowiert.
Horch, wie er brüllt! »Herrreinspaziert!
Soldaten, Kinder, Greise
Und Zwerge – halbe Preise.«

Mascha Kaléko

Seiltänzer

August Macke

Rubinrot glänzt
Der Himmel am Morgen
Die Sterne auf langen
Hälsen.

Sarah Kirsch

Im Sommer

Tautropfen im
Rosennest.

Sarah Kirsch

Ich laufe gegen den
Wind sehe ein rotes
Flatterndes Nordlicht
Die sibirischen Gänse
Zischen im Schlaf.

Sarah Kirsch

Krähenlandschaft
Ausschnitt
Paul Klee

Blumenlied

Löwenzahn, sag an, an, an,
ob dein Zahn auch beißen kann.

Fingerhut, ach je, je, je,
reichst der Biene bis zur Zeh.

Glockenblume, kling, kling, kling,
Glöckner ist der Schmetterling.

Mohn im Korn, so rot, rot, rot,
kostbar ist das liebe Brot.

Butterblume, muh, muh, muh,
morgen kommt die schwarze Kuh.

Reiner Kunze

Mohnblumen und Schmetterlinge
Ma Yuanyu

蛺蝶知春意隨蜂遠綠苔因風忽爭起還向
玉階來
壬午孟夏之望
栖霞

Der Schmetterling ist in die Rose verliebt,
Umflattert sie tausendmal,
Ihn selber aber goldig zart,
Umflattert der liebende Sonnenstrahl.

Jedoch, in wen ist die Rose verliebt?
Das wüsst ich gar zu gern.
Ist es die singende Nachtigall?
Ist es der schweigende Abendstern?

Ich weiß nicht, in wen die Rose verliebt;
Ich aber lieb euch all:
Rose, Schmetterling, Sonnenstrahl,
Abendstern und Nachtigall.

Heinrich Heine

Heidenröslein

Sah ein Knab' ein Röslein stehn,
Röslein auf der Heiden,
War so jung und morgenschön,
Lief er schnell es nah zu sehn,
Sah's mit vielen Freuden.
Röslein, Röslein, Röslein rot,
Röslein auf der Heiden.

Knabe sprach: ich breche dich,
Röslein auf der Heiden!
Röslein sprach: ich steche dich,
Dass du ewig denkst an mich,
Und ich will's nicht leiden.
Röslein, Röslein, Röslein rot,
Röslein auf der Heiden.

Und der wilde Knabe brach
's Röslein auf der Heiden;
Röslein wehrte sich und stach,
Half ihm doch kein Weh und Ach,
Musst es eben leiden.
Röslein, Röslein, Röslein rot,
Röslein auf der Heiden.

Johann Wolfgang von Goethe

Rose
Ausschnitt
William Morris

Hochrot

Du innig Rot,
Bis an den Tod
Soll meine Lieb Dir gleichen,
Soll nimmer bleichen,
Bis an den Tod,
Du glühend Rot,
Soll sie Dir gleichen.

Karoline von Günderrode

ein rotes halstuch
bind ich mir um
und bin schon
eine viertelstunde
zu früh am bahnhof
und hab nach all den jahren
immer noch herzklopfen
wenn ich dich abhole

Hans-Curt Flemming

Frau bei der Toilette
Ausschnitt
Jan Steen

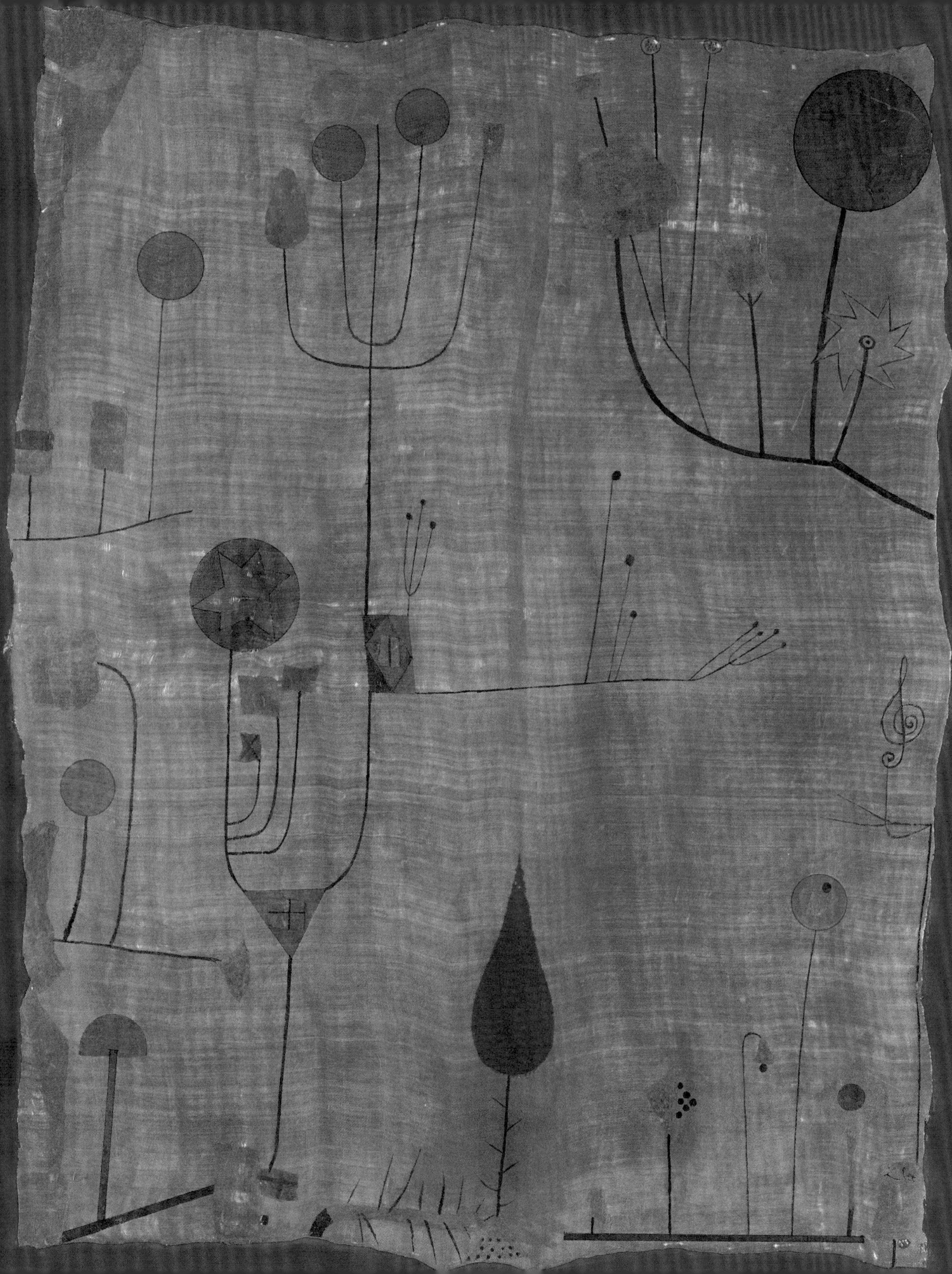

Palmström

Palmström steht an einem Teiche
und entfaltet groß ein rotes Taschentuch:
Auf dem Tuch ist eine Eiche
dargestellt, sowie ein Mensch mit einem Buch.

Palmström wagt nicht sich hineinzuschneuzen –
er gehört zu jenen Käuzen,
die oft unvermittelt nackt
Ehrfurcht vor dem Schönen packt.

Zärtlich faltet er zusammen,
was er eben erst entbreitet.
Und kein Fühlender wird ihn verdammen,
weil er ungeschneuzt entschreitet.

Christian Morgenstern

Früchte auf rot (oder:
Das Schweißtuch des Geigers)
Paul Klee

Jemand

Wenn meine Mutter im Bad ihre Lippen rot schminkt, ist es wieder so weit. Dann kommt sie kurze Zeit später in mein Zimmer und drückt mir ihre Leuchtlippen auf die Stirn oder die Wange.

»Bis gleich«, sagt sie, als wäre sie gleich zurück. Dabei bleibt sie den ganzen Abend weg und ich bin allein in der Wohnung.

Unsere Wohnung ist groß. Früher hat hier auch mein Vater gewohnt. Heute lebt er in einer anderen Stadt und sein Zimmer ist leer. Schon ziemlich lange.

Deshalb stellt mir meine Mutter seit einiger Zeit komische Fragen.

»Würde es dich freuen, wenn wieder jemand bei uns wohnen würde?«, zum Beispiel. Ich habe ihr vorgeschlagen, dass mein Freund Peter für ein paar Wochen bei uns einziehen könnte.

»Das wäre sicher schön«, hat sie vorsichtig geantwortet. »Aber ich meine jemanden, mit dem wir jedes Jahr in Urlaub fahren könnten. Jemand, der für dich da ist. Jemand, der sich so um dich kümmert wie ich.«

»Jemand wie Peter eben«, habe ich gesagt, weil ich es nicht mag, wenn meine Mutter so vorsichtig mit mir spricht, als wäre ich zu klein für die Erwachsenenwelt.

In der Erwachsenenwelt geht meine Mutter zum Tanzen, ins Theater oder in ein schickes Restaurant. Während ich auf sie warte und mir überlege, mit wem sie wohl ausgeht. Und für wen ihre Lippen leuchten. Sie leuchten so rot, dass meine Mutter ganz fremd aussieht.

»Lippenstift passt nicht zu dir«, habe ich einmal zu ihr gesagt und mir den Kuss von der Stirn gewischt.

»Das sieht nicht jeder so«, hat sie geantwortet und gelächelt.

Ob meine Mutter noch Zeit für mich hat, wenn wieder jemand hier einzieht? Den ganzen Abend stelle ich mir solche Fragen. Ich gehe immer erst ins Bett,

Der singende Butler
Jack Vettriano

wenn unser Auto zurückkommt. Dann lausche ich, ob zwei Füße über den Flur laufen oder vier. Oder ob eine Stimme dabei ist, die ich nicht kenne.
Sollte ich eines Morgens entdecken, dass in Papas Zimmer jemand schläft, werde ich noch am selben Tag zu Peter ziehen.

»Ich bin heute Abend weg«, hat meine Mutter gerade gesagt und ist mit dem Staubsauger durch die Wohnung getanzt.
»Und warum räumst du alles so besonders ordentlich auf?«, habe ich gefragt.
»Wenn jemand das Chaos hier sieht, macht er auf der Türschwelle kehrt ... «
Jemand, habe ich gedacht. Jemand! Will meine Mutter ihn etwa mitbringen?
Ich bin meiner Mutter den ganzen Tag aus dem Weg gegangen.
Seit zwei Stunden sitze ich nun in meinem Zimmer und drehe ihren roten Lippenstift auf und zu. Den Lippenstift habe ich aus dem Spiegelschrank geklaut, bevor meine Mutter ins Bad gegangen ist. »Zutritt verboten!!!« habe ich damit auf einen Zettel geschrieben. Den Zettel habe ich an die Tür zum Zimmer meines Vaters gehängt. Jetzt warte ich darauf, dass meine Mutter den Zettel vor meinen Augen zerreißt. Vielleicht ist sie aber auch längst zum Tanzen, ins Theater oder in ein schickes Restaurant gegangen, ohne sich von mir zu verabschieden.
Da kommt meine Mutter plötzlich herein. In der Hand hält sie den Zettel. Sie zerreißt ihn nicht. Sie wirkt überhaupt nicht wütend.
»Hast du Lust, mit mir zusammen essen zu gehen? Ich meine, in ein richtig gutes Restaurant? Ich habe einen Tisch für uns beide reserviert«, sagt sie und hält mir meine Jacke hin. Ich zögere keine Sekunde und nehme die Jacke an.

Im Restaurant sitze ich meiner Mutter gegenüber. Nur ich allein. Auf dem Platz, auf dem sonst wahrscheinlich *Jemand* gesessen hätte. Heute ist meine Mutter nur für mich da. Den ganzen Abend lang. »Du bist und bleibst mein größter Schatz«, sagt sie ernst.
Als ich zur Toilette gehe, drehe ich mich so froh zu meiner Mutter um, dass ich fast über ihre Handtasche falle. Ich stolpere, stoße gegen den Mann am Nachbar-

tisch, die Weinflasche fällt ihm aus der Hand, zerplatzt mit einem lauten Knall auf dem Steinboden und der ganze Rotwein läuft aus.

Alle Gäste schauen her und ein Kellner kommt angerannt. Da steht der Mann auf und sagt so laut zum Kellner, dass auch alle anderen ihn hören: »Tut mir leid. Mir ist die Flasche einfach aus der Hand gefallen. Das kommt davon, dass Sie Wein servieren, der so hervorragend schmeckt.«

Der Kellner lächelt freundlich, die anderen Gäste drehen sich wieder um und niemand hat gesehen, wie rot ich geworden bin.

Als wir wieder zu Hause sind und ich im Bett liege, denke ich immer noch an den Mann mit dem Rotwein. Und wie toll ich es fand, dass er mich gerettet hat. Ich habe ihn beim Nachtisch die ganze Zeit anschauen müssen, während der Kellner den Rotweinfleck aufgewischt hat. Manchmal hat der Mann sein Glas in meine Richtung gehoben und mir zugelächelt.

Wenn so jemand bei uns einziehen würde, könnte ich mir das vielleicht sogar vorstellen.

»Das mit dem Rotwein hätte ganz schön peinlich für mich werden können«, sage ich zu meiner Mutter und sie lächelt mich an.

»Weißt du, wie ich den Mann kennengelernt habe, mit dem ich in letzter Zeit so oft weg war?«, fragt sie.

»Er hat mein Weinglas umgekippt aus Versehen. Mein ganzes Kleid war hinüber. Es war fast wie bei dir vorhin. Nur, dass er noch schneller rot wurde als du. Wenn du willst, stelle ich dir Martin einmal vor.«

Martin also. Martin, wiederhole ich immer wieder beim Einschlafen. Vielleicht sollte ich ihn wirklich einmal kennenlernen.

Oliver Scherz

Rätsel

Als ich von meiner Mutter kam,
da zog ich an ein **weißes Kleid**;
als mir das weiße müde war,
da zog ich an ein **grünes Kleid**;
als mir das grüne müde war,
da zog ich an ein **rotes Kleid**;
als mir das rote müde war,
da zog ich an ein **schwarzes Kleid**,
da war mein Herz wie Stein,
mein Fleisch und Blut wie Wein.

Was ist das?

Unbekannter Verfasser

Lösung: die Kirsche

Kirschenpflücken
Ausschnitt
Unbekannter Künstler

Plötzlich roter fleck

Plötzlich roter fleck auf meinem sommerarm
geduldiger fingerspitzenengel der kindheit
der zum herrgott flog und für morgen betete

Und gutes wetter ist plötzlich gekommen
gutes wetter kann ich in der hand halten
marie marie mit kind wie du flogst
morgen ist gekommen

Wenn ich dich ganz heimtragen kann
wird meine liebe rot

Inger Christensen

Der rote Schirm
Franz von Lenbach

Kinder gedicht im November

Die Wiese
wie sie üppig sich
so hinlegt unter eine Sonne
unflätig schier
ist ja auch
abgemäht erst ausgewachsen.

Die Großen
reden alle von einer Kindheit, einer Ferne
einer Melodie so ruhig
dass in ihr die Töne
sich ausruhen könnten.

Und du
springst um Laterne Sonne Mond
die spitzen Sterne
rum mit den roten Backen.

Friederike Roth

Frau mit Lampions
Konstantin Alexejewitsch Korowin

Louisa und ihr Zorn

Das ist Louisa.
Auf ihrer Schulter sitzt der Zorn.
»Ich bin dein Zorn.«
Der Zorn kann sich ganz groß und flach machen.
Oder groß und rund wie ein Ballon.
Oder wie ein Pudding.
Oder wie ein Kissen.
Oder wie ein Vorhang.
Oder wie ein Stuhl.
Oder wie ein Eis.
Und ist der Zorn so richtig groß,
dann kann man Louisa fast gar nicht mehr erkennen.
Sie schimpft.
Sie schreit.
Sie strampelt.
Sie tritt.

»Wer bist du denn?«, fragte das Rotkehlchen.
»Ich? Ich bin der Zorn«, sagte der Zorn.
»Dich meine ich nicht«, sagte das Rotkehlchen.
»Ich meine das Mädchen mit dem blaugestreiften Kleid.«
»Aber ich bin rot!«, schrie der Zorn.
»Ich auch«, sagte das Rotkehlchen. »Also, wie heißt du?«
»Ich bin Louisa.«
»Magst du deinen Zorn?«, fragte das Rotkehlchen.
»Manchmal ja«, antwortete Louisa. »Aber nicht, wenn er so groß ist.«
»Hm«, sagte das Rotkehlchen. »Da weiß ich was.«
Und dann fing das Rotkehlchen an zu singen.
Das Rotkehlchen sang und der Zorn wurde kleiner,
und kleiner,
und kleiner,
und kleiner.

Nora Tahy

Mädchen mit Zöpfen
Ausschnitt
Amedeo Modigliani

modigliani

Ironische Landschaft

Gleich einem Zuge grau zerlumpter Strolche
Bedrohlich schwankend wie betrunkne Särge
Gehn Abendwolken über jene Berge,
In ihren Lumpen blitzen rote Sonnendolche.

Da wächst, ein schwarzer Bauch, aus dem Gelände
Der Landgendarm, dass er der Ordnung sich beflisse,
Und scheucht mit einem bösen Schütteln seiner Hände
Die Abendwolkenstrolche fort ins Ungewisse.

Klabund

Rote Stadt
Ausschnitt
Marianne von Werefkin

Kinder im Herbst

Schneebeeren weiß und schaumig knallen,
wenn sie die Kinder sich zerdrücken,
die durch den roten Herbst hinwallen
und nichts als totes Laub zerpflücken.
Mit Ruten treiben sie die Stiere
und peitschen die Kastanien locker,
und flammend auf die Vogelmiere
tropft nun der Herbst sein Gold und Ocker.

Laut singend in der Nebelfrühe
ziehn sie ins krautige Gehege,
dort wo der Ampfer für die Kühe
noch steht am alten Gleis der Wege.
Der Nebel zieht die weißen Kutten
den Kindern wie ein Laken über,
und auch das Rot der Hagebutten
verdämmert milchiger und trüber.

Die Luft verraucht, noch warm vom Öle,
dort faulen blaue Haselnüsse,
das Lied schläft in der Meisenhöhle,
die Kinder planschen durch die Güsse.
Sie hörn den ödesten der Laute,
das trübe Sickern in der Brache.
Der Zeisig schweigt, die Wiesenraute
neigt sich ins Grau der Wasserlache.

Peter Huchel

Drei Kinder mit Ziege im Birkenwald
Paula Modersohn-Becker

Lied
für die Kinder im Winter

Durch die Winternacht rennt
ein großer weißer Mann
rennt ein großer weißer Mann.
Ein Biedermann aus Schnee
mit einer Pfeife aus Holz
ein großer Schneebiedermann
der vor der Kälte flieht.
Er langt im Dorfe an
und weil er Lichter sieht
fühlt er sich geborgen.
Ohne anzuklopfen
tritt er in ein kleines Haus
und um warm zu werden
setzt er sich auf den roten Ofen
und beginnt zu tropfen
und zerläuft im Augenblick.
Nur seine Pfeife ruht
in einer Wasserlache
Nur seine Pfeife bleibt zurück
und sein alter Hut ...

Jacques Prévert

Winterabend in Fischerhude
Otto Modersohn

»IST AUCH
DAS GELB
SICH SELBST
AM LIEBSTEN
LIEBER«

In der Frühe

Goldstrahlen schießen übers Dach,
Die Hähne krähn den Morgen wach;
Nun einer hier, nun einer dort,
So kräht es nun von Ort zu Ort.
Und in der Ferne stirbt der Klang –
Ich höre nichts, ich horche lang.
Ihr wackern Hähne, krähet doch!
Sie schlafen immer, immer noch.

Theodor Storm

Der Morgen

Fliegt der erste Morgenstrahl
Durch das stille Nebeltal,
Rauscht erwachend Wald und Hügel:
Wer da fliegen kann, nimmt Flügel!

Und sein Hütlein in die Luft
Wirft der Mensch vor Lust und ruft:
Hat Gesang doch auch noch Schwingen,
Nun, so will ich fröhlich singen!

Hinaus, o Mensch, weit in die Welt,
Bangt dir das Herz in krankem Mut;
Nichts ist so trüb in Nacht gestellt,
Der Morgen leicht macht's wieder gut.

Joseph von Eichendorff

Morgendämmerung über der Seine

Charles Angrand

Morgens

Ziemlich voll
die Augen mit Jelächter. Bin also
jutjelaunt. Der Kartenspieler auf der Treppe
sagt zu irgendeim: Ich liebe dich. Nu ja, die Sonne
lässt sich Zeit
für einen Hinterhof. Die Zeit
wird mal nich älter
gleich.

Günter Bruno Fuchs

Kleiner Protest-gesang

Es plumpst die Nacht hernieder
auf Katz und Maus und Hund,
und immer immer wieder
sind Mond und Sonne rund.

Mich kann nichts Rundes wecken,
nicht Mond noch Sonnengold.
Ich schlaf, bis dass vor Ecken
mein Fußball nicht mehr rollt.

Es sind die besten Kreise,
in denen ich verkehr;
doch Ecken, sag ich leise,
die schätze ich viel mehr.

In Ecken kann man kriechen,
in Kreisen nur verkehrn.
Ich kann den Kreis nicht riechen,
kann »rund« jetzt nicht mehr hörn.

Wolfdietrich Schnurre

die sonne scheint
die sonne scheint unterzugehn
die sonne scheint untergegangen
die sonne scheint aufzugehn
die sonne scheint aufgegangen
die sonne scheint

ernst jandl

Venedig, von Fusina aus gesehen
Joseph Mallord William Turner

Kühe, gelb-rot-grün

Franz Marc

Die tanzende Kuh

Es war einmal eine Bäuerin, die hatte nur eine Kuh, aber die war dafür gelb und konnte Polka tanzen. Jeden Donnerstag ging die Kuh zum Tanzen, immer nach dem Melken und immer kurz vor Sonnenuntergang. Sie schüttelte die letzten Tropfen Milch vom Euter ab, trabte auf die Weide und muhte erst einmal von Herzen den Himmel an. Und dann tanzte sie los, rund um die Weide herum und immer im $^2/_4$-Takt.

Niemand wusste, warum die Kuh das tat, und die Leute im Dorf sagten, die spinnt ja wohl, die Kuh, diese komische, aber der gelben Kuh war das egal und der Bäuerin übrigens auch. Die Bäuerin hatte keine Kinder und keinen Mann und liebte ihre Kuh wie verrückt, eben so, wie man sonst sein Kind liebt. Und immer wenn die Kuh getanzt hatte, dann war am nächsten Morgen ihre Milch ganz süß, fast wie Buttermilch, und die Bäuerin küsste ihr zum Dank siebzehn Mal auf die Nase.

Ja, und dann kam plötzlich dieser Donnerstag, an dem ein rotes Auto durch das Dorf brauste und genau an der Weide hielt, auf der die gelbe Kuh gerade Polka tanzte. Aus dem Auto stieg ein Mann und rieb sich die Augen, weil er dachte, das kann ja wohl nicht wahr sein. Und als die Kuh ihre Polka zu Ende getanzt hatte, fuhr der Mann langsam hinter ihr her, bis nach Hause. Er klopfte bei der Bäuerin an die Tür und sagte, schönen guten Abend, was bitte kostet ihre Kuh? Die Bäuerin sagte, gar nichts kostet die, die verkaufe ich nicht.

Gute Frau, sagte der Mann, ich gebe ihnen so viel sie wollen, denn diese Kuh muss ich haben, um jeden Preis. Aber die Bäuerin sagte, da ist leider nichts zu machen, und schlug dem Mann die Tür vor der Nase zu. Der Mann fuhr wütend wieder weg, und weil er die Kuh jetzt erst recht haben wollte, beschloss er, sie zu stehlen. Er kam in der Nacht, stellte sein Auto vor dem Kuhstall ab und schlich sich leise hinein. Aber die Kuh war ja nicht blöd und hatte ihn längst gehört. Als der Mann ganz dicht hinter ihr stand, versetzte sie ihm einen heftigen Tritt. Dann stieg sie auf sein Auto und machte oben drauf einen dicken fetten Kuhfladen, der bis zum Himmel stank. Der Mann bekam es mit der Angst zu tun und fuhr weg, mit dem stinkenden Kuhfladen auf dem Dach. Aber diesmal kam er nicht wieder, denn so eine Kuh, die wollte er dann lieber doch nicht haben, nicht einmal geschenkt.

Ja, und dann war alles so wie immer. Die gelbe Kuh tanzte weiter donnerstags Polka und die Bäuerin liebte sie, immer weiter und weiter, bis sie irgendwann gestorben sind. Aber das dauerte zum Glück noch ziemlich lange.

Isabel Abedi

Schmeckt

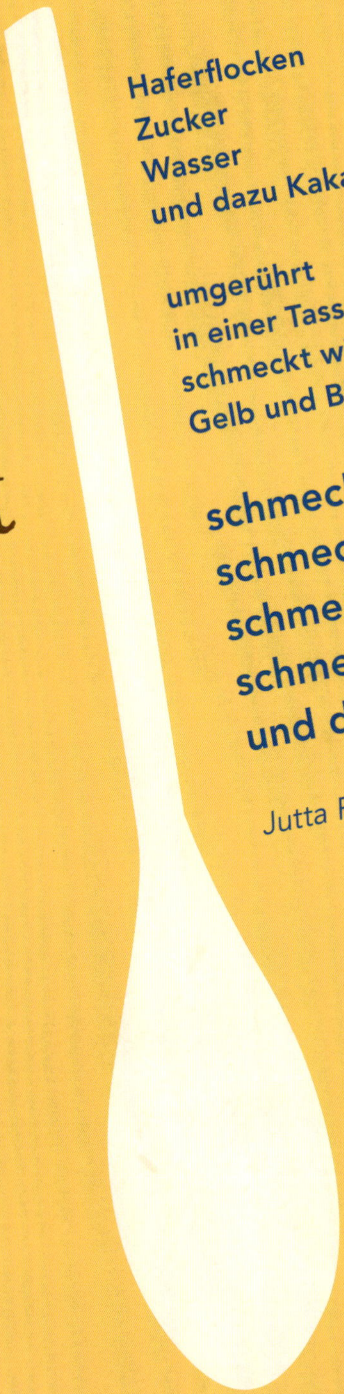

Haferflocken
Zucker
Wasser
und dazu Kakao

umgerührt
in einer Tasse
schmeckt wie
Gelb und Blau

schmeckt nach Trösten
schmeckt nach Streicheln
schmeckt nach Mamas Sachen
schmeckt nach einer letzten Träne
und dem ersten Lachen

Jutta Richter

Mädchen mit Brot
Albert Anker

Anker
1887

Gefunden

Ich ging im Walde
So für mich hin,
Und nichts zu suchen,
Das war mein Sinn.

Im Schatten sah ich
Ein Blümchen stehn,
Wie Sterne leuchtend,
Wie Äuglein schön.

Ich wollt es brechen;
Da sagt' es fein:
Soll ich zum Welken
Gebrochen sein?

Ich grub's mit allen
Den Würzlein aus,
Zum Garten trug ich's
Am hübschen Haus.

Und pflanzt es wieder
Am stillen Ort;
Nun zweigt
Und blüht so fort.

Johann Wolfgang von Goethe

Erntezeit
Anna Ancher

Finster war die Nacht,
Über dem gelb gefärbten Kirchturm
Stand der Mond
Wie der Punkt auf einem i.

Alfred de Musset

Goldene Welt

Im September ist alles aus Gold:
Die Sonne, die durch das Blau hinrollt,
Das Stoppelfeld,

Die Sonnenblume, schläfrig am Zaun,
Das Kreuz auf der Kirche,
Der Apfel am Baum.

Ob er hält? Ob er fällt?
Da wirft ihn geschwind
Der Wind in die goldene Welt.

Georg Britting

Wie goldene Äpfel
mit silberner Schale
so ist ein Wort gesprochen
an seinem Ort.

Die Sprüche Salomos

Sommerwindpsalm

Schmetterlingsflügel
hol
die Worte uns heim
zitronengelb
an den Füßen
die Worte
zwiegenäht
die Geflügelten.

Antonie Schneider

KANDINSKY 1911.

Mimosen

Für Elisabeth Wolken

Mimose, Mohn, Malven
und andere Blumen
Ausschnitt
Kitagawa Sosetsu

Mimosen, schau!
Schon breche ich aus ins Ach
Bin ich wach? oder was
hab ich denn immer gelesen, gehört
von der Mimosenhaftigkeit.
Mich stört
dieses fast selbstbewusst kräftige Gelb.

Eine Frau
die scheinbar nie etwas anficht
die gelegentlich doch in Tränen ausbricht
erklärt mir ruhig lächelnd dann:
Der Mimosenbaum sei wie ein Schwamm

Nicht dass die Blätter bei Berührung zucken
Nicht dass die gelben Blütenstände
sonnenlos
sich ducken
sei das Mimosenhafte der Mimose.

Wenn es aber tagelang regnet
beugt
vollgesogen von
sagen wir ruhig statt Regen
den Wassern des Himmels
schwer und schwerer geworden
der Mimosenbaum
sich der Erde entgegen
und reißt
mit mimosenhaft müdschwerer Kraft
die eigenen Wurzeln sich aus dem Saft.

Friederike Roth

Zwei junge Frauen auf einer Terrasse am Meer

Henry Lebasque

September

Das langsame lockert sich
endlich jubelt die stille bank
fraun, die den sommer
zusammenstrickten
blicken um sich
die maschen laufen
laufen in schierem überfluss
die tränen laufen
und machen so wenig im see aus
die kinder werden geboren
blicken um sich

Inger Christensen

achtzehn pasteten 18 (quitten-pastete)

Wenn sie der oktober ins astwerk hängte,
ausgebeulte lampions, war es zeit: wir
pflückten quitten, wuchteten körbeweise
gelb in die küche

unters wasser. apfel und birne reiften
ihrem namen zu, einer schlichten süße –
anders als die quitte an ihrem baum im
hintersten winkel

meines alphabets, im latein des gartens,
hart und fremd in ihrem arom. wir schnitten,
viertelten, entkernten das fleisch (vier große
hände, zwei kleine),

schemenhaft im dampf des entsafters, gaben
zucker, hitze, mühe zu etwas, das sich
roh dem mund versagte. wer konnte, wollte
quitten begreifen,

ihr gelee, in bauchigen gläsern für die
dunklen tage in den regalen aufge-
reiht, in einem keller von tagen, wo sie
leuchteten, leuchteten.

Jan Wagner

Quittenstillleben

Vincent van Gogh

der gelbe hund

der hund wischt sich am hund den mund gern ab
nämlich am hund der er nicht selber ist
wenn aber er allein und hund nur selber ist
wischt gern an sich den mund er selber ab

so hält auch gelb sich lieber auf bei blau
grau grün rot lila – steht jedoch nur gelbes
korn vorn vor gelber villa, gelben himmel drüber
ist auch das gelb sich selbst am liebsten lieber.

ernst jandl

Liegender Hund im Schnee
Franz Marc

»Sie freu'n sich, wenn alles schön grünet und blüht«

was brauchst du?

Was brauchst du? einen Baum ein Haus zu
ermessen wie groß wie klein das Leben als Mensch
wie groß wie klein wenn du aufblickst zur Krone
dich verlierst in grüner üppiger Schönheit
wie groß wie klein bedenkst du wie kurz
dein Leben vergleichst du es mit dem Leben der Bäume
du brauchst einen Baum du brauchst ein Haus
keines für dich allein nur einen Winkel im Dach
zu sitzen zu denken zu schlafen zu träumen
zu schreiben zu schweigen zu sehen den Freund
die Gestirne das Gras die Blume den Himmel.

Friederike Mayröcker

Immergrün

Die Seele
Fliegt mit den
Eulen und es
Schneit Federn.

Frühling ist ein
Möwengefiederter
Bengel aus Schottland mit
Bärlauchatem.

Der Kater fängt die
Maus mit weißen
Samthandschuhn.

Sarah Kirsch

Der Garten von Daubigny
Vincent van Gogh

le jardin de Daubigny

Im Märzen der Bauer

Im Märzen der Bauer
die Rösslein einspannt;
Er setzt seine Felder
und Wiesen instand.
Er pflüget den Boden,
er egget und sät
und rührt seine Hände
frühmorgens und spät.

Die Bäurin, die Mägde,
sie dürfen nicht ruhn,
sie haben im Haus
und im Garten zu tun;
sie graben und rechen
und singen ein Lied
und freun sich, wenn alles
schön grünet und blüht.

So geht unter Arbeit
das Frühjahr vorbei,
dann erntet der Bauer
das duftende Heu;
er mäht das Getreide,
dann drischt er es aus:
im Winter da gibt es
manch fröhlichen Schmaus.

Walther Hensel

Faulpelz

Der kleine Kerl auf seinem Hühnerbein
läßt im Zweifelsfall die Arbeit sein.
Der Zweifelsfall tritt aber immer ein.
Laßt doch den Kerl auf seinem Hühnerbein!

Christoph Meckel

Kindheit

Die Wiese endete
nicht vor dem Abend,
die Nacht reichte weit
über den Flieder hinaus.

Später umzäunte ein Schulhof die Zeit,
an der Wandtafel
verstaubte der
Sommer.

Jürg Beeler

Spielende Kinder im Park

Max Liebermann

Die alten und die jungen Frösche

Die jungen Frösche haben einmal bei warmer Sommerzeit in der Nähe einer Lache über alle Maßen gequakt und geschrien, sodass ein alter Frosch dieser abgeschmackten Musik überdrüssig geworden war und die Jungen nicht wenig gescholten hat.

»Schämt euch, ihr grünhosenden Fratzen!«, sagte er, »ihr wilden Lachendrescher, ihr hüpfenden Spitzbuben, schämt euch, dass ihr so ein verdrießlich Geschrei vollführt! Wenn ihr aber doch lustig sein wollt und frohlocken, so singt wenigstens wie die Nachtigall, welche auf dem nächsten Ast sitzt. Ihr großmäuligen Narren, könnt ihr denn nichts anderes als nur Qua-Qua-Qua?«

»Vater«, antworteten die Frösche, »das haben wir von dir gelernt.«

Abraham a Santa Clara

Die vier Erdteile: Asien
Ausschnitt
Jan van Kessel

Dunkelgrüner
Kuckuck blinkt in der
Sonne.

Und gehen Blumen
Umher weht kein
Kummer heran.

Sarah Kirsch

Grün

Grün im grünen
hier kommen die tage
näher der zeit
teilen sich nicht
aber näher der sonne
hier kommen keine
menschen hervor
sondern liegen in tiefem
getreide und frieden
und duften sich näher
blau und gelb
wo ein sommer
jählings aufsteigt
und tief verschwindet

Inger Christensen

Udakak und Lidokork

Ein großes grünes **Lidokork,**
Das badete im Nil.
Dann stieg es rückwärts aus dem Fluss
– Und war ein **Krokodil.**
Da rennt zum kleinen **Udakak**
Das grüne Ungetüm.
»Flieg rückwärts aus dem Wald heraus!«
Befiehlt es ungestüm.
Der Kleine schüttelte den Kopf.
Er war zu faul dazu.
Drum wurde aus dem **Udakak**
Niemals ein **Kakadu.**

Paul Maar

Steht ein grüner Käfig
draußen,
darin Vogelkinder hausen:
Kleine Enten,
kleine Schwäne
und zwei klitze-
kleine Hähne
schnattern, piepsen pausenlos,
denn ihr Hunger ist sehr groß.

Daniil Charms

Park Monceau

Hier ist es hübsch. Hier kann ich ruhig träumen.
Hier bin ich Mensch – und nicht nur Zivilist.
Hier darf ich links gehn. Unter grünen Bäumen
sagt keine Tafel, was verboten ist.

Ein dicker Kullerball liegt auf dem Rasen.
Ein Vogel zupft an einem hellen Blatt.
Ein kleiner Junge gräbt sich in der Nasen
und freut sich, wenn er was gefunden hat.

Es prüfen vier Amerikanerinnen,
ob Cook auch recht hat und hier Bäume stehn.
Paris von außen und Paris von innen:
sie sehen nichts und müssen alles sehn.

Die Kinder lärmen auf den bunten Steinen.
Die Sonne scheint und glitzert auf ein Haus.
Ich sitze still und lasse mich bescheinen
und ruh von meinem Vaterlande aus.

Kurt Tucholsky

Im Park Monceau
Claude Monet

Lehrmeisterin Natur

Vom Efeu können wir viel lernen:
er ist sehr grün und läuft spitz aus.
Er rankt rasch, und er ist vom Haus,
an dem er wächst, schwer zu entfernen.

Was uns der Efeu lehrt? Ich will es so umschreiben:
Das Grünsein lehrt er uns. Das rasche Ranken.
Den spitzen Auslauf und, um den Gedanken
noch abzurunden: auch das Haftenbleiben.

Robert Gernhardt

Die Villa Holstein bei Meran
Louis Eysen

Ein Mann mit Säckchen und mit Stock *Liedchen*

Ein Mann mit Säckchen und mit Stock
trat einmal aus dem Haus
und in die Wolt,
und in die Wult,
und in die Welt hinaus.

Er schaute nur geradeaus,
geradeaus er lief,
wobei er
weder trank noch aß
noch aß noch trank noch schlief.

Bis er sich eines Morgens früh
im dunklen Wald befand,
worauf er dinn,
worauf er donn,
worauf er dann verschwand.

Und trifft ihn einer unter euch
so rein eventuell,
dann sagt es ins,
dann sagt es ans,
dann sagt es uns ganz schnell.

Daniil Charms

Ein grünes Blatt

Ein Blatt aus sommerlichen Tagen,
Ich nahm es so im Wandern mit,
Auf dass es einst mir möge sagen,
Wie laut die Nachtigall geschlagen,
Wie grün der Wald, den ich durchschritt.

Theodor Storm

Der Maler (Rast im Walde)

Carl Spitzweg

Herbstliedchen

Flog Waldvögelein über den See,
Lieb grüne Zeit, lieb grüne Zeit!
Es zogen die Wolken: Ade! Ade!
Wir fliegen mitsammen gar weit, gar weit!

Es schaut Feinliebchen vom hohen Saal,
Fern zohe der Ritter im grünen Tal;
Waldvöglein sang immerfort: Ade! –
Das tat Feinsliebchen im Herzen so weh.

Joseph von Eichendorff

Frühling
Heinrich Vogeler

achtzehn pasteten
1 (shepherd's pie)

schafe sind wolken, die den boden lieben.

der schäfer liebt marie. streut nüsse auf
den hang, souffliert die drei berühmten worte.
die herde blökt, frißt sie als weiße schrift
aufs tafelgrün. dahinter springt der punkt,
der hirtenhund. am grund des tales zieht
man abendschatten vor die fenster. sieht
den hang nicht und die hügel, nicht die wolken.
wolken, die schafe sind, vom wind getrieben.

Jan Wagner

Olivengarten am Gardasee

Ausschnitt

Hans Thoma

»ICH HABE
MEINE STERNE
AUS DEM BLAU
DES FENSTERS
GENOMMEN«

Kopf in Blau

Alexej von Jawlensky

Blaue Augen

Blaue Augen,
grüne Augen,
schwarze Augen,
braune Augen,
graue Augen,
helle Augen,
dunkle Augen,
runde Augen,
schmale Augen,
Mandelaugen,
deine Augen,
meine Augen,
unsere Augen

blicken in die Welt …

Nasrin Siege

AUGEN

Augen auf!
Das Auge des Gesetzes wacht.
Er ist mir ein Dorn im Auge.
Eine Krähe hackt der anderen nicht die Augen aus.
Jetzt gehen mir die Augen auf.
Ich traue meinen Augen nicht.
Wo hast du denn deine Augen!
Vier Augen sehen mehr als zwei.
Deine Augen blitzen.
Meine Augen brennen.
Halt die Augen offen!
Ich drücke lieber ein Auge zu.
Geh mir aus den Augen!
Aus den Augen, aus dem Sinn!
Ich lasse dich nicht aus den Augen.
Er hat dir Sand in die Augen gestreut.
Ich bin mit einem blauen Auge davongekommen.
Ich werde es im Auge behalten.
Mir fällt es wie Schuppen von den Augen.
Es schwimmt mir vor den Augen.
Ich kann meine Augen nicht überall haben.
Auge um Auge, Zahn um Zahn!
Da bleibt kein Auge trocken.
Kann ich dich unter vier Augen sprechen?
Wenn du mir nicht die Augen auskratzt.
Du wirst Augen machen!
Also: AUGEN AUF!

Rosemarie Künzler-Behncke

Kinderlied

Kommt seht, da hab ich
ein Pferdchen gezeichnet,
es ist so schön blau,
wie ich Pferde lieb,
und weil ich mag,
dass Pferde auch singen,
ist sein Kopf
eine blaue Nachtigall.

Mein Pferdchen braucht
weder Wagen noch Schlitten,
es trägt einen Buckel,
der ist ein Haus,
und wer mich bittet,
dem zeichne ich gern
mit blauem Stift
seine Wünsche hinein.

Jetzt kommt, wir reiten
ins Blaue mit ihm,
bis zum Ozean und
natürlich zurück –
die Reise beginnt, ich
pinsle ja schon
den fernen Ozean her.

Franz Hodjak

Blaues Pferdchen,
Kinderbild
Franz Marc

Dem l. Walterchen Macke gew

Meer

Gestern fanden wir
das Meer im Wasser
heute ruhen wir aus
aber morgen
werden wir das Meer
in den Bergen finden.

Niemand erfährt es
außer Gott,
er ist nicht da.
Weit und breit allein
wir sind allein
mit dem Meer.

Im Schiff aus Stein
sind wir über Wasser
weit und breit allein
auf dem Meer
und rufen:

Heute ruhen wir aus
aber morgen
werden wir das Meer
in der Wolke,
zuletzt das Meer
in der Sonne finden!

Christoph Meckel

Landschaft mit weißem Haus
Kasimir Malewitsch

Möwen

Arkadi A. Rylow

Die Möwe

die Möwe sagte
ich will nur da sein
wo es blauer ist
bei mir sagte das Meer
kannst du sein
ich habe die Tiefe
ich trage den Himmel
bei mir sagte der Himmel
geht es dir gut
da trägt dich der Wind
du siehst mein Blau und dich selbst
auf dem Spiegel des Wassers
Meer und Himmel rangen
um blaueres Blau
tieferes Meerblau
lichteres Himmelblau
das Meer bat die Wellen
sie spuckten Schaum
den Horizont hinauf
daraus wurden Wolken
weißgrau unterlag der Himmel
die Wolken halfen
sie ergossen sich ins Meer
lösten sich auf
gaben dem Himmel sein Blau
das Meer wurde schwarz
beruhigte sich
legte sein Grün ins Wasserblau
tiefes Meerblau
lichtes Himmelblau
die Möwe saß am Strand
ließ sich nicht tragen
vom Meer
kreiste nicht am Himmel
sie saß im gelben Sand
und sann nach einer List
das Schauspiel von Neuem zu beginnen

Anja Tuckermann

Es war einmal ein Hase

Es war einmal ein Hase
mit einer roten Nase
und einem blauen Ohr.
Das kommt ganz selten vor.
Die Tiere wunderten sich sehr:
Wo kam denn dieser Hase her?
Er hat im Gras gesessen
und still den Klee gefressen.
Und als der Fuchs vorbeigerannt,
hat er den Hasen nicht erkannt.
Da freute sich der Hase.
»Wie schön ist meine Nase
und auch mein blaues Ohr,
das kommt so selten vor.«

Helme Heine

Blau Mantel

Paul Klee

Zwei Elfen fliegen durch die Luft
Amelia Jane Murray

libellenflug

zick schwirrt die libelle
in der heißen luft
zack schwirrt die libelle
in den sommerduft

blitz glänzt die libelle
die der sonnenstrahl trifft
blank glänzt die libelle
wie ein irrer schwebestift

der schreibt:
sein zickzackblitzblanksein
in den blauen himmel ein

arne rautenberg

Stift

Ein Bleistift und ein Farbstift stritten sich, wer von ihnen wichtiger sei. Um zu zeigen, was er konnte, zeichnete der Bleistift ein Ruderboot, ein Segelschiff, einen Dampfer. Der Farbstift, der ein Blaustift war, malte ein Meer nach dem andern.
Als die beiden müde, durstig und fast stumpf geworden waren, sagte der Farbstift: Zeichne mir ein Glas, lieber Bleistift, damit ich mein Wasser hineinmalen kann.
Hast du etwas dagegen, wenn ich zwei Gläser zeichne?, fragte der Bleistift.

Jürg Schubiger

Die blaue Blume

Ich suche die blaue Blume,
Ich suche und finde sie nie,
Mir träumt, dass in der Blume
Mein gutes Glück mir blüh'.
Ich wand're mit meiner Harfe
Durch Länder, Städt' und Au'n,
Ob nirgends in der Runde
Die blaue Blume zu schau'n.
Ich wand're schon seit lange
Hab' lang' gehofft, vertraut,
Doch ach, noch nirgends hab' ich
Die blaue Blum' geschaut.

Joseph von Eichendorff

Mispelzweig
Ausschnitt
Philipp Otto Runge

Brief über den Regen

Im
Astwerk der Bäume
treiben Fische
ihr Spiel
mit
meinen
Augen. Matrosen
hör ich lachen
und
ihre
Stimmen
rollen
übers Pflaster
wie Kupfermünzen – – – – – – ich
habe meine Sterne
aus dem
Blau
des Fensters
genommen
und zur übrigen
Habe gelegt: die Erinnerung
an Wolken über
einem See
und einige
Gedanken
bei
einer
Seite Proust, wo
er von der Liebe
schreibt.

Rolf Dieter Brinkmann

Quappi in Blau im Boot

Max Beckmann

Tisch & Stuhl

Der Stuhl verliebte sich sofort in den Tisch, als man ihn zum ersten Mal, Beine nach oben, Lehne nach unten, hinaufhob, um den Küchenboden zu putzen. Der Stuhl war neu in der Küche. Er konnte an seinem Sitz das glatte Holz der Tischplatte spüren. Er war dem Tisch sehr nahe. »Wie stark Sie sind, Herr Tisch«, sagte er, aber der Tisch gab ihm keine Antwort. Man hob den Stuhl wieder herunter und setzte die kleine Ilse darauf. Man stellte einen Teller mit Blaubeeren in Milch vor sie auf den Tisch. »Sehen Sie, wir brauchen einander«, sagte der Stuhl ganz glücklich. Ilse drückte die Blaubeeren mit den Fingern auf die Tischplatte und machte eine blaue Straße bis zur Milchpfütze. Die Milch lief über die Tischkante hinunter auf den Stuhl und dann auf den Boden. »Wir stehen das gemeinsam durch«, sagte der Stuhl. Ilse wurde weggetragen, der Tisch mit einem Lappen gewischt und der Stuhl wieder auf den Tisch gehoben. »Wir gehören zusammen«, sagte der Stuhl. »Sie sind nicht der einzige Stuhl in meinem Leben«, sagte der Tisch. Aber das war dem Stuhl egal.

Keto von Waberer

Das Atelier von Comte Deheaulme de Vallombreuse, 36 Rue Jouffroy, Paris

Akseli Valdemar Gallén-Kallela

Selbstbildnis I

Marianne von Werefkin

mylady mit dem blauen hut,
ich finde sie so äußerst chic,
ihr angewandter silberblick,
der fest auf meinem frischen frackhemd ruht,
geht mir wie amors pfeil durchs blut.

die jazzband dudelt im savoy,
man tanzt den english waltz, den fox,
im whisky klirren kühl die rocks,
ich hoff, madame, sie bleiben mir doch treu,
klopf an das stuhlbein, toi, toi, toi!

sie rauben mir perfekt die ruh,
wie klimpern ihre wimpern keck,
madame, ich bin vor liebe weg,
der ober drückt bereits ein auge zu,
mir sinkt das herz bis in die schuh.

ich bin bekannt mit vielen fraun
und mit den meisten kaum per sie,
ein tête-à-tête, ein vis-à-vis,
und mir ist auch schon nimmermehr zu traun,
wenn sie aus schönen augen schaun.

jedoch vor ihnen bin ich scheu,
pardon, ich staune über mich,
das läuft mir förmlich gen den strich,
mir ist das wirklich gar nicht einerlei,
so sie und ich hier im savoy.

mylady mit dem blauen hut,
wie kann denn so was möglich sein,
trotz curaçao, chartreuse und wein
verlier ich plötzlich meinen ganzen mut
vor ihrer blicke heißer glut.

h. c. artmann

Nach all den Nächten, die voll Sternen hingen

Nach all den Nächten, die voll Sternen hingen,
nun diese dumpfe, trübe, nasse Nacht,
als wär die Arbeit aller Zeit vollbracht
und niemals wieder Hoffnung auf Gelingen.

Wohin die Schritte weisen, da das Ziel
ertrank im nebeligen Grau der Wege?
Ich such nur noch, wo ich mich niederlege,
den stillen Platz. Verloren ist das Spiel.

Ich höre vieler Menschen Schritte tasten –
verirrte Menschen, einsam, müd und arm –
und keiner weiß, wie wohl ihm wär und warm,
wenn wir einander bei den Händen fassten.

Erich Mühsam

Mondnacht im Teufelsmoor
Otto Modersohn

rudern zwei

Rudern zwei
ein boot,
der eine
kundig der sterne,
der andre
kundig der stürme,
wird der eine
führn durch die sterne,
wird der andre
führn durch die stürme,
und am ende ganz am ende
wird das meer in der erinnerung
blau sein

Reiner Kunze

Bootspartie
Mary Cassatt

Claude Monet

Träumerei in Hellblau

Alle Landschaften haben
Sich mit Blau gefüllt.
Alle Büsche und Bäume des Stromes,
Der weit in den Norden schwillt.

Blaue Länder der Wolken,
Weiße Segel dicht,
Die Gestade des Himmels in Fernen
Zergehen in Wind und Licht.

Wenn die Abende sinken
Und wir schlafen ein,
Gehen die Träume, die schönen,
Mit leichten Füßen herein.

Zymbeln lassen sie klingen
In den Händen licht.
Manche flüstern und halten
Kerzen vor ihr Gesicht.

Georg Heym

Seerosen (Nympheas)
Claude Monet

Tag und Nacht

Der Tag zieht sich den Blaumann aus
und wäscht sich ab den Schweiß.
Die Nacht sieht jung und fröhlich aus
weil Sommer ist und heiß.

Der Tag macht seine Augen zu
und träumt sich einen Traum.
Die Nacht spielt mit sich Blindekuh
und schwärzt Stadt, Land und Baum.

Der Tag gähnt, streckt und räkelt sich
und zieht die Sonne an.
Die Nacht ist bleich und fröstelt sich
und sagt: Tag, du bist dran.

Peter Maiwald

Zwillinge
Paul Klee

Klee

»O DASS ES FARBEN GIBT: BLAU, GELB, WEISS, ROT UND GRÜN!«

Relief-disques

Robert Delaunay

Nachts im April notiert

O dass es Farben gibt:
Blau, Gelb, Weiß, Rot und Grün!

O dass es Töne gibt:
Sopran, Bass, Horn, Oboe!

O dass es Sprache gibt:
Vokabeln, Verse, Reime,
Zärtlichkeiten des Anklangs,
Marsch und Tänze der Syntax!

Wer ihre Spiele spielte,
Wer ihre Zauber schmeckte,
Ihm blüht die Welt,
Ihm lacht sie und weist ihm
Ihr Herz, ihren Sinn.

Was du liebtest und erstrebtest,
Was du träumtest und erlebtest,
Ist dir noch gewiss,
Ob es Wonne oder Leid war?
Gis und As, Es oder Dis –
Sind dem Ohr sie unterscheidbar?

Hermann Hesse

Jahrmarkt

Türkischer Honig,
Maroni und Magenbrot.
Torfbraunes Lebkuchenherz,
Zuckerguss zerbröckelt
»Ewig Dein ...«

An Ketten fliegt
aluminium-silberner Schwan.
Das letzte Kind im Flügel
am Herbstmond vorbei.

Spiegel und Perlen
und Zelter,
Ölbild: Libelle und Fee
drehen die Walzer.

Zerschossener Rose
Goldstaub.

Schelle und Bremsblock.

Hans Bender

Auf dem Jahrmarkt
Boris Michailowitsch Kustodijew

Der Backfisch.

Papa ist heute furchtbar aufgeschwemmt. Er blinzelt müde in die Morgenzeitung. Mama im Morgenrock und ungekämmt, befasst sich mit des Kaffees Zubereitung.

Dann spricht sie: Anton! Komm! Es wird bald Zeit! Du darfst mir das Büro nicht noch versäumen! – Ich sitz am Tisch in meinem Rosakleid und will den ganzen Tag in Rosa träumen.

Klabund

Bildnis Mäda Primavesi
Gustav Klimt

GVSTAV
KLIMT

grau

grau bröckelt ab
fliegt in der luft
stürzt ein wird wand
grau legt sich leicht
beim applaudieren auf die hand

grau ist der farbe schatten
grau macht den ton
das schwarzweiss fernsehn
ist graus sohn

grau fährt zur see
entdeckt den neuen kontinent
der morgen graut
grau nimmt die farbige parade ab
grau gibt den ton an
wartet auf die dämmerung
sticht keine farbe aus
ist untergrund
in träumen graus ist grau bunt

Stefan Döring

Seifenblasen
Édouard Manet

Regenbogen über den Niagara-Fällen

Albert Bierstadt

Der Regenmaler

Den Regenmaler Reinhold Rau
kennt alle Welt:
Er malt mit seinem Pinsel grau
das Himmelszelt.

Er malt den Regenschleier dicht
vor Haus und Baum.
Auf seinem Bilde reicht die Sicht
zehn Schritte kaum.

Siehst du das Bild, dann fühlst du dich
durchnässt – und wie!
Zum Schnupftuch greifst du ärgerlich
und rufst: »Hatschi!«

Jedoch am Ende malt er sacht
aufs dunkle Bild
des Regenbogens Farbenpracht,
so leuchtend mild.

Da staunst du und nun wird dir klar,
dass all das Grau
zu solcher Schönheit nötig war,
und lobst Herrn Rau.

Michael Ende

wenn sich der himmel im schlaf
auf die andere seite wälzt, fällt
ihm manchmal das lange haar
über die stirn. dann scheint es zu
regnen und die menschen span-
nen die schirme auf.

Gerhard Rühm

Manolito, der Hirte, und das schneeweiße Zicklein

Es ist mit dem Glück eine seltsame Sache, Señor. Wer es hat, merkt es nicht. Wer es sucht, findet es nicht. Nur wer es verloren hat, merkt hinterher, dass er das Glück für einen Augenblick in seinen Händen gehalten hat.

Landschaft mit Vögeln
Roelant Jakobsz. Savery

Mit dem Glück, Señor, geht es uns wie mit der achten unserer kanarischen Inseln, die, wie Sie wissen, den schönen Namen San Borondón trägt. Man sagt, dort sei noch ein Stück des verlorenen Paradieses lebendig. Piraten, die die Insel im sechzehnten Jahrhundert ansteuerten, haben behauptet, dort mache eine reißende Strömung jede Landung unmöglich. Andere Seefahrer – Portugiesen, wenn ich nicht irre – wollen die Insel betreten haben. Sie behaupten, dort sei alles eitel Sonnenschein und Freude.

Es gibt, Señor, viele Balladen, Lieder und Bücher über die Insel San Borondón, aber kaum einer kann sich rühmen, sie gesehen zu haben.

Ich bin einer der wenigen, der sie wirklich gesehen hat, und zwar an einem heißen Sommernachmittag.

Mir war damals eine der Ziegen verloren gegangen, und ich vermutete, dass sie nach oben geklettert sei. Deshalb überließ ich die Herde in der Schlucht meinen beiden Hunden und stieg einen Kamelpfad in die Höhe, den die Dromedare Don Felipes ausgetreten haben.

Oben auf dem Kamm, von dem aus man das Meer nach Norden übersehen kann, fand ich die Ziege tatsächlich. Aber sie benahm sich merkwürdig und ganz anders als sonst. Sie meckerte nicht, als ich kam. Sie weidete auch nicht. Sie stand einfach da, bewegungslos, wie eine Statue, und blickte aufs Meer. Ich erinnere mich noch, dass vom Wasser her ein leichter Wind kam und dass ringsum die Grillen lärmten. Aber als ich mit den Augen dem Blick der Ziege folgte und auch auf das Meer schaute, spürte ich den Wind nicht mehr und hörte auch die Grillen nicht mehr. Mir war zumute, Señor, als ob Land und Meer den Atem anhielten; denn unter mir – zum Greifen nah – lag auf dem blauen Wasser eine Insel, die ich nie zuvor gesehen hatte. Sie bildete ein längliches Oval und ich sah vier Flüsse die Insel durchziehen, deren Wasser in der Sonne blitzte. Auch zählte ich auf sieben Hügeln sieben Städte. Die Uferseite, die mir zugekehrt war, leuchtete in tiefem Grün. Solches Grün hatte ich vorher nie auf unseren Inseln gesehen. Es waren saftige Wiesen, wie es sie wahrscheinlich bei Ihnen in Europa gibt, Weiden, von denen meine Schafe nur träumen, weil sie sie niemals sehen werden auf diesen Inseln unter der Sonne. Ich sah auch einen Weg, auf dem eine Kutsche rollte, und einen Kamelreiter und eine Herde kräftiger, schneeweißer wunderschöner Schafe.

Ich kann nicht sagen, Señor, wie lange meine Ziege und ich auf diese Insel starrten. Vielleicht waren es Stunden, vielleicht nur

Sekunden. Ich weiß nur noch, dass ich zu meiner Ziege sagte: »Das da unten, Pacharita, mein Vögelchen« (So heißt die Ziege nämlich.) »das da unten, Pacharita, ist San Borondón.«

Ich sagte es ganz beiläufig, Señor, nicht so verzückt wie die Schwedinnen, wenn sie unseren Sonnenaufgang sehen, auch nicht so geheimnisvoll wie manche Priester, wenn sie den Segen erteilen. Ich sagte es beiläufig, als ob ich gesagt hätte, dass gutes Wetter ist. Ich war mir in dem Augenblick gar nicht klar über das große Glück, das mir zugestoßen war. Ich wurde mir erst klar darüber, als ich den Namen der Insel genannt hatte. Denn da schäumte das Meer plötzlich auf, und die Insel wurde von Schaumschleiern eingehüllt wie von Nebel.

Da hörte ich mit einem Male auch die Grillen wieder, spürte wieder den Wind vom Wasser und sah meine Ziege sich wieder bewegen. Sie schüttelte zuerst den Kopf, als ob sie lästige Fliegen vertreiben wolle, und sprang dann hinunter in die Schlucht, zurück zur Herde.

Verblüfft schaute ich ihr nach. Dann blickte ich wieder aufs Meer. Es lag ganz still und blau und unschuldig unter der Sonne. Keine Welle bewegte es und ich sah nichts anderes auf dem Wasser als einen kleinen weißen Dampfer in der Ferne. Die Insel, die ich gesehen zu haben glaubte, war nicht mehr da. Sie war vielleicht nie da gewesen. Wahrscheinlich, dachte ich damals, war alles nur eine Einbildung, hervorgerufen durch den Lärm der Grillen und die flimmernde Hitze.

Aber als Pacharita, meine Ziege, wenige Tage danach ein schneeweißes kräftiges Zicklein zur Welt brachte, ein Tier, wie ich vorher nie eines in der Herde gehabt habe, da war ich plötzlich überzeugt, dass ich dennoch und wahrhaftig San Borondón gesehen hatte.

Denn mit der Insel San Borondón, Señor, geht es uns so ähnlich wie mit dem Glück: Man findet sie nicht, wenn man sie sucht. Man merkt es nicht, wenn man sie sieht. Aber hinterher, wenn sich ihr Bild verflüchtigt hat, dann weiß man, dass man sie für einen kurzen glücklichen Augenblick doch gesehen hat.

James Krüss

Ziege
Lovis Corinth

SchwanAntilope

Mitten im Schilf steht ein kleines Haus,
da schauen beim Dach zwei Hörner heraus.
Wenn du sie siehst, dann weißt du gleich:
Hier hat die **S**chwantilope ihr Reich!

Dieses scheue, anmutige Wesen
kann Wünsche von den Augen ablesen.
Willst du ein paar Seerosen, drei oder vier,
dann schwimmt sie davon und holt sie dir.

Und möchtest du gern zu später Stund'
die Frösche hören am Teichesgrund,
dann nimmt sie dich mit zum Abendkonzert.
Das ist sogar nasse Füße wert.

Willst du jedoch lieber nach Bremen fliegen,
so ruft sie fröhlich: »Nur aufgestiegen!«
Hebt sich mit dir in die Lüfte empor,
und du kommst dir wie der Frühlingswind vor.

Wenn du einmal gar keine Wünsche hast,
dann holt sie dir von einem Ast
einen schlummernden Regenbogen
und sagt leise: »Bleib' mir gewogen!«

Gerda Anger-Schmidt

Detail aus der Altartafel »Die Versuchung des Antonius«

Hieronymus Bosch

Die Chamäleons

Es ist das Los der Baumeidechsen
sich andauernd umzuklecksen

rosig in der Morgensonne
rostrot in der Regentonne
an der See marineblau
und zwischen Mietskasernen grau

beim Einkaufsbummel sind sie scheckig
an Regentagen fahl und fleckig
verblasst wenn sie durch Nebel schweifen
und weißgestreift vorm Zebrastreifen

vorm Fernsehapparat sind sie
so grell und kunterbunt wie nie
bei dieser Farbenkleckerei
bleibt keine Echse schwindelfrei

und wenn sie wie die andern frommen
Tiere in den Himmel kommen
umringt von einer Engelsschar
dann werden sie gleich unsichtbar

und niemals haben sie erfahren
wer sie eigentlich selber waren

Jan Koneffke

Farbverband

Sage mir ein rotes Wort
spiel mir einen blauen Klang
koch mir was im gelben Topf
denn ich bin ganz grau und krank

Mal mir doch den Himmel grün
und die Sonne violett
lass mir weiße Rosen blühn
streu mir Bonbons auf mein Bett

Gib mir deine helle Hand
leg sie leicht auf mein Gesicht
mach mir einen Farbverband
denn sonst heilt mein Kummer nicht

Jutta Richter

Mädchengesicht

Das Ungenannte
deines Mädchengesichts.
Wenn du es mir
darlegst.

Halbe Sätze
sage ich dann.
Mit schattiger Wimper –
Nester für Sperlinge.

Wenn du mir deine
Zeit enträtselst.
Ich will dafür dir
die Farben

des Windes geben,
der unsre Körper vertauscht
im Vorübergehen.

Rolf Dieter Brinkmann

Rettender Engel

Er ist der kleinste unter allen Engeln,
und selbst sein Singen ist nur wie ein Strich.

Doch im Fach Demut hat er eine Fünf.

Fliegt mit den Bienen emsig auf und nieder,
wenn Glockenläuten streng durch Äste schneit.

Und davon wird sein Kleid kirschblütenweiß.

Und leuchtet vor auf seinem langen Weg
durchs Labyrinth der finsteren Systeme,

die sich, von soviel Anmut rettungslos
verwirrt, entwirrn und Friede, Friede flüstern.

Thomas Rosenlöcher

Engel mit Laute

Detail aus einem Altarbild

Vittore Carpaccio

VICTOR CARPATHIVS
MDX

In der braunen stunde

In der braunen stunde
ist meine liebe grün
in der harten lava
etwas kühler tang

Der rest ist der ferne
gesang des meeres

Inger Christensen

Frau vor untergehender Sonne
Caspar David Friedrich

VERZEICHNISSE

Verzeichnis der Kunstwerke

Anna Ancher (1859–1935): *Erntezeit*, 1901, Fuglsang Kunstmuseum, Toreby Lolland, S. 56
Charles Angrand (1854–1926): *Morgendämmerung über der Seine*, 1899, Musée du Petit Palais, Genf, Foto: Peter Willi – Artothek, S. 45
Albert Anker (1831–1910): *Mädchen mit Brot*, 1887, Kunstmuseum Bern, Legat Geneviève Mieg, Bern und Genf, S. 53
Max Beckmann (1884–1950): *Quappi in Blau im Boot*, 1926/1950, Sammlung Würth, Künzelsau, Foto: akg images, S. 111
Albert Bierstadt (1830–1902): *Regenbogen über den Niagara-Fällen*, Privatsammlung, Foto: Artothek, S. 134
Hieronymus Bosch (um 1450–1516): Detail aus *Die Versuchung des Antonius*, 1505/06, Museu Nacional de Arte Antiga, Lissabon, S. 143
Die Brüder von Limburg (Mitte 14. Jh.–1416): *Der Monat März*. Aus: *Très Riches Heures. Stundenbuch des Herzogs von Berry*, 1413–1416, Victoria and Albert Museum, London, Foto: The Bridgeman Art Library, S. 74
Vittore Carpaccio (1455–1526): *Engel mit Laute*, Detail aus: *Präsentation Jesu im Tempel*, 1510, Galleria dell' Accademia, Venedig, Foto: The Bridgeman Art Library, S. 151
Mary Cassatt (1844–1926): *Bootspartie*, um 1893/94, National Gallery, Washington D. C., Foto: Joseph S. Martin – Artothek, S. 118
Lovis Corinth (1858–1925): *Ziege*, 1905, Niedersächsisches Landesmuseum, Hannover, S. 141
Robert Delaunay (1885–1941): *Hommage à Blériot*, 1914, Kunstmuseum, Basel, Foto: Artothek, Frontispiz / *Relief-disques*, 1936, Privatsammlung, Foto: Artothek, S. 126
Louis Eysen (1843–1899): *Die Villa Holstein bei Meran*, 1881, Städel Museum, Frankfurt am Main, Foto: U. Edelmann – Städel Museum – Artothek, S. 86
Caspar David Friedrich (1774–1840): *Frau vor untergehender Sonne*, 1818, Museum Folkwang, Essen, S. 153
Akseli Valdemar Gallén-Kallela (1865–1931): *Das Atelier von Comte Deheaulme de Vallombreuse, 36 Rue Jouffroy, Paris*, 1888, Privatsammlung, Foto: Artothek, S. 113
Vincent van Gogh (1853–1890): *Der Garten von Daubigny*, 1890, Staechelin'sche Familienstiftung, Basel, Foto: Hans Hinz – Artothek, S. 73 / *Quittenstillleben*, 1888/89, Staatliche Kunstsammlungen Dresden – Gemäldegalerie Alte Meister, Dresden, Foto: Artothek, S. 65
Frans Hals (1580/85–1666): *Der fröhliche Trinker*, 1627/28, Rijksmuseum, Amsterdam, S. 47
Alexej von Jawlensky (1864/65–1941): *Kopf in Blau*, 1912, Privatsammlung, S. 96
Wassily Kandinsky (1866–1944): *Impression III (Konzert)*, 1911, Städtische Galerie im Lenbachhaus, München, Foto: Artothek, S. 59
Jan van Kessel (1626–1679): Detail aus *Die vier Erdteile: Asien*, 1626–1679, Alte Pinakothek, München, Foto: Bayer & Mitko – Artothek, S. 79
Kitagawa Sosetsu (Mitte 17. Jh.): *Mimose, Mohn, Malven und andere Blumen*, 1630–1670, Freer Gallery of Art, Smithsonian Institution Washington D. C., Foto: The Bridgeman Art Library, S. 60
Paul Klee (1879–1940): *Blau Mantel*, 1940, Albertina, Wien, S. 105 / *Früchte auf rot (oder: Das Schweißtuch des Geigers)*, 1930, Städtische Galerie im Lenbachhaus, München, Foto: Artothek, S. 22 / *Krähenlandschaft*, 1925, Sammlung Dr. O. Huber, Glarus, Foto: Hans Hinz – Artothek, S. 14 / *Zwillinge*, 1930, Privatsammlung, Foto: Artothek, S. 123
Gustav Klimt (1862–1918): *Apfelbaum I*, 1912, Privatsammlung, S. 70 / *Die Sonnenblume*, 1905, Privatsammlung, S. 54 / *Bildnis Mäda Primavesi*, um 1912, The Metropolitan Museum of Art, New York, S. 131
Konstantin Alexejewitsch Korowin (1861–1939): *Frau mit Lampions*, 1896, Tretjakow-Galerie, Moskau, Foto: Artothek, S. 32
Boris Michailowitsch Kustodijew (1878–1927): *Auf dem Jahrmarkt*, 1910, Radischtschew-Kunstmuseum, Saratow, Foto: Artothek, S. 128
Henri Lebasque (1865–1938): *Zwei junge Frauen auf einer Terrasse am Meer*, 1912, Privatsammlung, Foto: Artothek, S. 62
Franz von Lenbach (1836–1904): *Der rote Schirm*, um 1860, Kunsthalle, Hamburg, Foto: Artothek, S. 31
Max Liebermann (1847–1935): *Spielende Kinder im Park*, 1882, Privatsammlung, Foto: Artothek, S. 77
Leo Lionni (1910–1999): *Chamäleons*, 1975. Aus: ders., Seine eigene Farbe © Beltz & Gelberg in der Verlagsgruppe Beltz, Weinheim und Basel 1975/2006, S. 145
Ma Yuanyu (1669–1722): *Mohnblumen und Schmetterlinge*, 1702, Privatsammlung, Foto: Artothek, S. 17

August Macke (1887–1914): Seiltänzer, 1914, Städtisches Kunstmuseum, Bonn, S. 13 / Türkisches Café, 1914, Städtische Galerie im Lenbachhaus, München, S. 146
Kasimir Malewitsch (1879–1935): Landschaft mit weißem Haus, 1928, Staatliches Russisches Museum, St. Petersburg, Foto: akg images, S. 101
Édouard Manet (1832–1883): Seifenblasen, 1867, Museum Calouste Gulbenkian, Lissabon, Foto: Artothek, S. 133
Franz Marc (1880–1916): Blaues Pferdchen, Kinderbild, 1911, Städtische Galerie im Lenbachhaus, München, Foto: Artothek, S. 99 / Chamäleon, 1913, Sprengel Museum, Hannover, S. 4 / Kühe, gelb-rot-grün, 1912, Städtische Galerie im Lenbachhaus, München, Foto: Artothek, S. 50 / Liegender Hund im Schnee, 1910/11, Städel Museum, Frankfurt am Main, Foto: Städel Museum – Artothek, S. 66
Agnes Meyerhof (1856–1942): Marabu, 1900–1909, Städel Museum, Frankfurt am Main, Foto: Städel Museum – Artothek, S. 80
Otto Modersohn (1865–1943): Mondnacht im Teufelsmoor, um 1900, Sammlung B. Kaufmann, Stade, Foto: Artothek, S. 117 Winterabend in Fischerhude, um 1935, Landesmuseum, Hannover, Leihgabe aus Privatbesitz, Foto: Landesmuseum Hannover – Artothek, S. 40
Paula Modersohn-Becker (1876–1907): Drei Kinder mit Ziege im Birkenwald, um 1904, Galerie Cohrs-Zirus, Worpswede, S. 39
Amedeo Modigliani (1884–1920): Mädchen mit Zöpfen, um 1918, The Nagoya City Art Museum, Nagoya, Foto: Artothek, S. 35
Claude Monet (1840–1926): Im Park Monceau, 1878, Privatsammlung, Foto: Artothek, S. 85 / Seerosen (Nympheas), 1918–1921, Neue Pinakothek, München, S. 120
William Morris (1834–1896): Rose, 1883, Privatsammlung, Foto: The Bridgeman Art Library, S. 18
Amelia Jane Murray (1800–1896): Zwei Elfen fliegen durch die Luft: Eine auf einer Biene sitzend, die andere auf einer Libelle, Privatsammlung, Foto: Artothek, S. 106
Henri Rousseau (1844–1910): Die Schlangenbeschwörerin, 1907, Musée d'Orsay, Paris, S. 82
Philipp Otto Runge (1777–1810): Mispelzweig, Privatsammlung, S. 108
Arkadi Alexandrowitsch Rylow (1870–1939): Möwen, 1910, Russisches Kunstmuseum, Kiew, Foto: Artothek, S. 102
Roelant Jakobsz. Savery (um 1576–1639): Landschaft mit Vögeln, 1628, Kunsthistorisches Museum, Wien, Foto: Photobusiness – Artothek, S. 136
Carl Spitzweg (1808–1885): Der Maler (Rast im Walde), Privatsammlung, Foto: Artothek, S. 89
Jan Steen (1626–1679): Frau bei der Toilette, um 1659/60, Rijksmuseum, Amsterdam, Foto: akg images, S. 21
Pál Szinyei-Merse (1845–1920): Der Luftballon, 1882, Ungarische Nationalgalerie, Budapest, Foto: Alfred Schiller – Artothek, S. 149 und Cover
Hans Thoma (1839–1924): Olivengarten am Gardasee, 1892, Privatsammlung, Foto: Artothek, S. 92
Joseph Mallord William Turner (1775–1851): Venedig, von Fusia aus gesehen, um 1840, British Museum, London, Foto: Hans Hinz – Artothek, S. 49
Unbekannter Künstler: Kirschenpflücken, aus: Tacuinum Sanitatis (medizinisches Handbuch), spätes 14. Jh., Foto: The Bridgeman Art Library, S. 28
Jack Vettriano (geb. 1951): Der singende Butler, 1992, Privatsammlung © Jack Vettriano 1992, courtesy of the artist, S. 25
Heinrich Vogeler (1872–1942): Frühling, 1897, Haus im Schluh, Worpswede, S. 91
Marianne von Werefkin (1860–1938): Rote Stadt, 1909, Privatsammlung, S. 36 / Selbstbildnis I, um 1910, Städtische Galerie im Lenbachhaus, München, S. 114

Verzeichnis der Geschichten und Gedichte

Georg Heym (1887–1912): Träumerei in Hellblau, S. 121. Aus: Kranz des Lebens. Eine Sammlung deutscher Gedichte. Hg. v. Fritz Leisinger © Westermann, Braunschweig 1968

Franz Hodjak (geb. 1944): Kinderlied, S. 98. Aus: Großer Ozean. Hg. v. Hans-Joachim Gelberg © Beltz Verlag, Weinheim und Basel 2000

Peter Huchel (1903–1981): Kinder im Herbst, S. 38. Aus: ders., Die Gedichte, Frankfurt am Main 1984 © Mathias Bertram, Berlin

ernst jandl (1925–2000): der gelbe hund, S. 67 / die sonne scheint, S. 48. Aus: Poetische Werke. Hg. v. Klaus Siblewski © Luchterhand Literaturverlag, in der Verlagsgruppe Random House GmbH, München 1997

Mascha Kaléko (1907–1975): Der Zirkus, S. 12. Aus: dies., Die paar leuchtenden Jahre © Deutscher Taschenbuch Verlag, München 2003

Sarah Kirsch (1935–2013): Dunkelgrüner Kuckuck, S. 81 / Ich laufe gegen den Wind, S. 15 / Immergrün, S. 72 / Im Sommer, S. 15 / Rubinrot glänzt der Himmel am Morgen, S. 15. Aus: dies., Sämtliche Gedichte © Deutsche Verlags-Anstalt, in der Verlagsgruppe Random House GmbH, München 2005

Klabund (d. i. Alfred Henschke, 1890–1928): Ironische Landschaft, S. 37. Aus: ders., Gedichte © Berlin 1926 / Der Backfisch. (Auszug), S. 130. Aus: ders., Sämtliche Werke in 8 Bänden. Band 4. Gedichte. Bd. 2. Hg. v. Ralf Georg Bogner © Elfenbeinverlag, Heidelberg 2000

Jan Koneffke (geb. 1960): Die Chamäleons, S. 144. Aus: ders., Trippeltrappeltreppe. Gedichte für neugierige Kinder. © Boje Verlag in der Bastei Lübbe AG, Köln 2009

James Krüss (1926–1997): Manolito, der Hirte, und das schneeweiße Zicklein, S. 137. Aus: ders., Briefe an Pauline © Boje Verlag in der Bastei Lübbe AG, Köln 2008

Rosemarie Künzler-Behncke (geb. 1927): Augen, S. 97. Aus: Überall und neben dir. Hg. v. Hans-Joachim Gelberg © Beltz Verlag, Weinheim und Basel 1986/2010

Reiner Kunze (geb. 1933): rudern zwei, S. 119. Aus: ders., gespräch mit der amsel. © S. Fischer Verlag GmbH, Frankfurt am Main 1984 / Blumenlied, S. 16. Aus: Überall und neben dir. Hg. v. Hans-Joachim Gelberg © Beltz Verlag, Weinheim und Basel 1986/2010

Paul Maar (geb. 1937): Udakak und Lidokork, S. 83. Aus: ders., Eine Woche voller Samstage © Verlag Friedrich Oetinger, Hamburg 1973/2013

Peter Maiwald (1946–2008): Tag und Nacht, S. 122. Aus: ders., Die Mammutmaus sieht wie ein Mammut aus. Gedichte für Kinder © Carl Hanser Verlag, München 2006

Friederike Mayröcker (geb. 1924): was brauchst du?, S. 71. Aus: dies., Gesammelte Gedichte 1939-2003. Hg. v. Marcel Beyer © Suhrkamp Verlag, Frankfurt am Main 2004

Christoph Meckel (geb. 1935): Faulpelz, S. 76 / Meer, S. 100. Aus: ders., Pferdefuß. Gedichte. Mit 15 Zeichnungen des Autors. Ravensburger Buchverlag Otto Maier GmbH, Ravensburg 1988 © Christoph Meckel

Christian Morgenstern (1871–1914): Palmström, S. 23. Aus: ders., Die Schaubühne, 4. Jg., Berlin 1904. Aus: Deutsche Lyrik vom Barock bis zur Gegenwart © Deutscher Taschenbuch Verlag, München 1986

Erich Mühsam (1878–1934): Nach all den Nächten, die voll Sternen hingen, S. 116. Aus: ders., Ausgewählte Werke. Hg. v. Christlieb Hirte. Band 1: Gedichte, Prosa, Stücke © Verlag Volk und Welt, Berlin 1978

Alfred de Musset (1810–1857): Finster war die Nacht, S. 57. Aus: Poésies complètes. Erste Strophe der »Ballade à la lune«. Hg. v. Maurice Allem © Editions Gallimard, Paris 1957

Jacques Prévert (1900–1977): Lied für die Kinder im Winter, S. 41. Aus: Gedichte und Chansons. Französisch und Deutsch. Nachdichtungen von Kurt Kusenberg, Rowohlt Verlag GmbH, Reinbek bei Hamburg 1962 © für die französische Original-Ausgabe: Jacques Prévert, »Chanson pour les enfants l'hiver«, in: Histoires. Éditions Gallimard, Paris 1963 © für die deutsche Übersetzung von Kurt Kusenberg: Rowohlt Verlag, Reinbek bei Hamburg 1962

arne rautenberg (geb. 1967): libellenflug, S. 107. Aus: ders., der wind lässt tausend hütchen fliegen © Boje Verlag in der Bastei Lübbe AG, Köln 2010

Jutta Richter (geb. 1955): Schmeckt, S. 52 / Farbverband, S. 147. Aus: dies., Am Himmel hängt ein Lachen © Boje Verlag in der Bastei Lübbe AG, Köln 2009

Thomas Rosenlöcher (geb. 1947): Rettender Engel, S. 150. Aus: ders., Ich sitze in Sachsen und schau in den Schnee. Gedichte © Suhrkamp Verlag, Frankfurt am Main 1998

Friederike Roth (geb. 1948): Kindergedicht im November, S. 33. Aus: dies., Schieres Glück © Luchterhand Literaturverlag, in der Verlagsgruppe Random House GmbH, München 1980 /

Mimosen, S. 61. Aus: dies., Schattige Gärten. Gedichte © Suhrkamp Verlag, Frankfurt am Main 1987

Gerhard Rühm (geb. 1930): wenn sich der himmel, S. 135. Aus: ders., Knochenspielzeug. Verlag Eremiten-Presse, Düsseldorf 1970/1979 © Gerhard Rühm

Oliver Scherz (geb. 1974): Jemand, S. 24 © Oliver Scherz

Antonie Schneider (geb. 1954): Sommerwindpsalm, S. 58 © Antonie Schneider

Wolfdietrich Schnurre (1920–1989): Kleiner Protestgesang, S. 46. Aus: Überall und neben dir. Hg. v. Hans-Joachim Gelberg © Beltz Verlag, Weinheim und Basel 1986/2010

Jürg Schubiger (geb. 1936): Stift, S. 107. Aus: Jürg Schubiger / Franz Hohler, Aller Anfang © Beltz Verlag, Weinheim und Basel 2006

Nasrin Siege (geb. 1950): Blaue Augen, S. 97. Aus: Wo kommen die Worte her? Neue Gedichte für Kinder und Erwachsene. Hg. v. Hans-Joachim Gelberg. Beltz Verlag, Weinheim und Basel 2011 © Nasrin Siege

Theodor Storm (1817–1888): Ein grünes Blatt, S. 88. / In der Frühe, S. 44. Aus: Werke. Hg. v. Gottfried Honnefelder © Insel Verlag, Frankfurt am Main 1977

Nora Tahy (geb. 1957): Louisa und ihr Zorn, S. 34 © Nora Tahy

Kurt Tucholsky (1890–1935): Park Monceau, S. 84. Aus: Haben. Sein. Und gelten © Lappan Verlag GmbH, Oldenburg 2013

Anja Tuckermann (geb. 1961): Die Möwe, S. 103. Aus: Christine Knödler, Geschichtenkoffer für Schatzsucher. Erzähltes, Gemaltes, Gereimtes, Ungereimtes, Tiefsinn und Unsinn. Boje Verlag in der Bastei Lübbe AG, Köln 2006 © Anja Tuckermann

Unbekannter Verfasser: Rätsel, S. 29. Aus: Das Inselbuch für Kinder. Ausgew. v. Elisabeth Borchers © Insel Verlag, Frankfurt am Main 1979

Unbekannter Verfasser: Wie goldene Äpfel, S. 58. Aus: Sprüche. Die Heilige Schrift. Miniaturbibel. Hg. v. Franz Eugen Schlachter © Privilegierte Württembergische Bibelanstalt, Stuttgart 1926

Keto von Waberer (geb. 1942): Tisch & Stuhl, S. 112. Aus: Lebens-Mittel. Was Kinder brauchen. Hg. v. Armin Abmeier und R. Susanne Berner. Büchergilde Gutenberg, Frankfurt am Main, Wien und Zürich 2003 © Keto von Waberer

Jan Wagner (geb. 1971): achtzehn pasteten: 1 (shepherd's pie). S. 93 / achtzehn pasteten: 18 (quittenpastete), S. 64. Aus: ders., Achtzehn Pasteten © Berlin Verlag in der Piper Verlag GmbH, Berlin 2007

Die Deutsche Nationalbibliothek verzeichnet diese Publikation in der Deutschen Nationalbibliografie; detaillierte bibliografische Daten sind im Internet über http://dnb.d-nb.de abrufbar.

Umschlagvorderseite: Pál Szinyei-Merse: *Der Luftballon*, 1882, Ungarische Nationalgalerie, Budapest
Frontispiz: Robert Delaunay: *Hommage à Blériot*, 1914, Kunstmuseum, Basel
Seite 4: Franz Marc: *Chamäleon*, 1913, Sprengel Museum, Hannover,
Umschlagrückseite: Amelia Jane Murray: *Zwei Elfen fliegen durch die Luft*, Privatsammlung

Wir haben uns bemüht, alle Urheberrechtsinhaber zu ermitteln. Sollte uns dies in Einzelfällen nicht gelungen sein, möchten wir uns entschuldigen und Sie bitten, sich beim Verlag zu melden.

Prestel Verlag, München
in der Verlagsgruppe Random House GmbH
www.prestel.de

Bildredaktion Doris Kutschbach und Sabine Tauber
Textredaktion Maria Krause und Sabine Tauber
Korrektorat Johannes Graf von Preysing
Grafikkonzept Katarzyna Roy, Düsseldorf
Gestaltung Meike Sellier, Eching
Herstellung Astrid Wedemeyer
Lithografie Reproline Mediateam, München
Druck und Bindung Neografia, Martin

MIX
Papier aus verantwortungsvollen Quellen
FSC® C020353
FSC www.fsc.org

Verlagsgruppe Random House FSC®-N001967.
Das für dieses Buch verwendete FSC®-zertifizierte Papier *Condat matt Périgord* liefert Papier Union, Ehingen

Gedruckt in der Slowakei

ISBN 978-3-7913-7168-9